물 위의 집

물 위의 집

임미리 시집

불교문예

물 위에 집을 짓는 일처럼

사는 일이 아득하여도

유배지에서도 꿈을 버리지 않았던

정암선생의 적려유허비 앞에 서면

더할 나위 없이 편안해진다.

아무것도 할 줄 몰라

번아웃 되어도 괜찮다.

이제는 가벼워지기로 마음먹는다.

2022년 7월

수인修仁 임미리

차례

제2부 물 위의 집

제3부 상념의 시간

제4부 유배지에서

제1부

탐매探梅

봄 편지

한라산 폭설주의보 사이로 여기는 봄입니다. 아직도 숨길 것이 너무 많은 당신의 거짓말을 받아먹고 진달래, 제비꽃, 매화, 수선화가 피어납니다. 당신의 무수한 거짓말 사이로 봄꽃은 이제 순서도 없이 피어납니다.

어제는 불타는 섬의 슬픔을 되새김질하다 몸서리치면서 견뎌낸 세월이 서러워 당신이 살아낸 세월이 안타까워 저 혼자 까무러치다 아침을 맞이했습니다.

오늘은 그리운 내 사랑 아고리에게 보낸 편지를 읽습니다. 수많은 그리움 사이로 섶섬과 문섬이 보이는 곳에 앉아 바로 가지 못하는 게들이 옆으로 기어가는 것을 봅니다. 시시때때로 외로워집니다.

아무래도 안 되겠습니다. 탐나라에 가야겠습니다. 하늘과 직거래를 해서라도 순서도 없이 피어나

서러워지는 애타는 봄을 제자리로 돌려놓겠습니다. 이 모든 것들이 봄 때문인 것 같습니다.

수없이 지워도 다시 찾아와 피어나는 봄. 우리는 언제쯤이면 되풀이되지 않는 생을 자유롭게 살아낼 수 있을까요. 세상은 보이지 않고 나는 이 봄밤을 지새워야 할 것 같습니다.

꽃들의 낙화

세상의 꽃들이 활짝 피었어요.

순서도 없이 눈치와 경쟁만 배웠나 봐요, 당신

듣고 있나요? 억눌린 지난날들

더 이상 참지 못하고 한꺼번에 터져 버렸어요.

영혼 없는 무관심한 목소리에 우리는 폭발했어요.

평화주의자라 총칼을 들지는 못하고 다만 꽃이

되었어요.

곧 낙화를 꿈꾸며 안녕을 노래하겠지만

아무도 모를 거예요, 괜찮아요.

우리는 그렇게 안녕을 배웠어요.

피었으나 또한 질 것을 알기에 당신

이제 지지하고 간섭했던 모든 일들이 낙화할 거

예요.

우리는 우리를 잊어버렸지만 괜찮아요.

단단해진 모든 꿈에 날개를 달아줄 거예요.

바람에 사라지는 모든 것들에 쿨한 안녕.

지금은 충전시대, 향기가 코끝을 스치고 이제 꽃이 지네요.

작별인사는 어울리지 않아요.

어색한 포옹도 가벼운 악수도 안되잖아요.

피어나며 죽어가는 모든 것들에게 안녕.

벼랑의 얼굴로 유혹하는 낙화는 눈부시도록 분분하네요.

탐매探梅

계단을 오르니 운선암* 뒤편 각시바위에 새겨진 마애여래상, 가슴이 잘린 곳을 왼손으로 감싸고 있는 비운의 여인상, 붉게 물든 사연 바위에 깊이 새겨둔 채, 지금은 어디쯤에서 붉은 꽃 피워내고 있는지 궁금해지네.

암자 모퉁이 보일 듯 말 듯 한 곳에 숨어있는 해우소에 쪼그리고 앉아 마애여래상의 사연 한 자락 모르는 척 버리려 하는데, 문틈 사이로 들어오는 향기에 놀라 눈이 휘둥그레지네. 저 멀리서 홍매화 막 피어나네.

굳이 탐매에 나서지 않아도 되겠다는 설레는 마음을 숨기는 곳이 하필 해우소라 혼자 붉어진 내 마음을 알았을까. 홍매화도 덩달아 붉어지는 이 봄, 명지바람에 휘날리는 꽃잎의 향기도 황송한데 매화는 저만 모르는지 자꾸만 붉은 미소 터트리네.

나는 후다닥 각시바위에 오르네. 살며시 조금씩 피어나는 홍매를 보네. 바람은 등 뒤에서 불어 비운의 사연 한 자락 지워지지 않게 바위에 새기네. 붉은 꽃잎들이 휘날리네. 나는 용기를 내어 여인의 가슴에 얹힌 왼손을 가만히 내려주네.

* 고창군 성송면에 있는 암자

모과

빈 집 담장에서 길손을 유혹했던
연홍색 작은 꽃잎 휘날린 지 엊그제 같은데
무시로 시간은 흘러 꽃 지고 열매 맺혔네.

태풍에도 떨어지지 않고 잘 견디어내더니
무심한 시간 앞에 이파리 지고
모과는 울퉁불퉁 못생긴 얼굴을 드러내네.

이제는 노랗게 무르익어 단장을 하고
담장 너머로 고개를 불쑥 내밀어
그 옆을 무심히 지나친 것뿐인데
달콤하고 상큼한 향기에 발목이 잡히네.

언젠가 모과 하나 손에 쥐여주고 달아나던
담장 안 그녀의 모습이 가뭇하게 아른거리네.
짧은 시간 가온누리로 빛났던
달큼한 향기 남기고 사라진 그녀.

여우비 내려도 모과는 시나브로 익어가고
함초롬한 담장 너머로 고개를 넣어보는데
아무도 없는 빈집을 모과만이 지키고 있네.

석류

나비가 날아와도 석류꽃은 몰랐다
또 다른 무수히 많은 꽃이
홍수를 이루고 피어 있다는 것을
나비는 다른 꽃으로 날아가기 위해
수많은 날갯짓을 한다는 것을

항상 제자리에서 기다리기만 하는
운명이라는 것을 깨달았을 때
꽃문을 닫아 나비를 날려 보내며
비로소 자유로워질 수 있다는 것을
오체투지로 꽃 지면서 알았다.

꽃문을 굳게 닫은 붉은 꽃들이
아침마다 낭자하게 바닥에 쌓이고
그 자리에 열매가 맺혔다.
알알이 맺힌 석류의 속살은
낭자했던 꽃들의 붉은 눈물방울 이리라.

능소화

누구를 부르는지 입을 벌리고
사람들의 시선을 잡아당긴다.
가던 길 자꾸만 뒤돌아보게 한다.
녹색 꽃받침 사위로 우뚝 올라선
주홍빛 화관과 마주치면 발걸음 느려지고
비밀의 장이라도 발견한 듯 자꾸만 가까이 가고
싶다.

낡았다는 말 새로울 것이 없다는 말 눈을 확 끌어
들이는 무엇이 없다는 말 그래서 어떤 언어로도 표
현할 수 없다지만, 뜨거운 여름날 이글거리는 태양
과 당당히 마주한 체 탑사의 바위를 타고 올라선 능
소화, 아름답다는 추상적인 단어 하나 붙들고 화두
처럼 뇌리에서 떠나지 않는다.

인고의 세월을 보내고 탈피한 매미처럼
지치지도 않는지 목청껏 나를 불러 세운다.
너는 그렇게 내게로 왔다.

매실을 보며

산수를 넘긴 울 아버지 동생 편에 매실을 보냈다.
식초 물에 담가 깨끗이 씻어 물기를 말린다.
칼을 들고 매실의 씨앗을 제거한다.
양손이 부르트도록 제거해도 좀처럼 줄어들지 않는다.

아버지는 이 작은 열매를 따기 위해
등 굽은 허리를 힘겹게 폈으리라.
푸르고 싱싱한 것으로 골라 딸년에게 보냈으리라.
그 생각에 코끝이 찡해져서
상한 것도 차마 버리지 못하고 칼로 도려낸다.

소금을 뿌리고 기다리면서
아버지의 삶 너머 짜디짠 인생을 상상해본다.
설탕을 뿌리며 달콤했을지도 모를
어느 한때를 생각하면서 통에 차곡차곡 재운다.

설탕의 황금비율은 숙성되는 맛을 낼 것이다.

맛있는 장아찌가 되려면

세월을 견뎌내 기다릴 줄 알아야 하리라.

어쩌면 삶이란 짜디짜기도 하고 달콤하기도 한

어느 한때가 모여 이루어지는 것이리라.

산수의 아버지는 당신이 살아오신 지난날을

매실을 보내 대신 이야기하고 싶으셨는지도 모른다.

향기로운 꽃 피워, 지고, 열매 맺는 모습을

아버지는 앞으로 몇 번이나 더 보실 수 있을까.

명치끝이 아려와 시큼해지는 달도 없는 밤이다.

해당화 향기

그림자도 숨어버린 무더운 여름날
시원한 바람을 찾아 나선 선정암
입구에 들어서니 코끝을 자극하는 향기 진동하네.

두리번거리다 마주친 해당화 한 무더기
척박한 모래땅 바닷가에서만 꽃 피는 줄 알았는데
정인을 만난 듯 반갑게 마주앉네.

산사의 바람에 얼마나 흔들렸을까.
붉은 꽃잎이 더욱더 애잔해 보이는데
그리운 이를 기다리는 듯 강인하게 피었네.

산 넘고 바다 건너 먼 곳까지
아련한 향기 한 줌이라도 보내려했을까.
붉은 꽃잎 사이로 보일 듯 말 듯 그늘이 보이네.

푸른 가시로 버텨낸 세월이 얼마였을까.

보는 이의 아련함 깊어 가는데

바람결에도 모른 척 잠이 드는 해당화

내일쯤이면 찾아올 그리운 이의 발치에서

더욱더 붉게 피어날 꽃잎 무더기

향기로운 몸짓이 산사를 흔들어 깨우네.

산수국

청보랏빛 산수국 나비처럼 날아오른다 소식하여
배낭을 둘러메고 산속으로 그 꽃 찾아 나섰네.

지친 숨을 잠재우며 마주한 환상적인 산수국
카메라 앵글 속에 담으려하니 나비처럼 날아가
수줍은 듯 제 모습을 감춰 아스라해지네.

허리를 구부리고, 빛과 각도를 조절하여 대시해보
지만
알 수가 없네, 자연스러운 빛깔을 담을 수가 없네.
아쉬운 마음을 꽃잎 속에 감춰두고
다음의 만남을 언약하는데 바람에 흔들리는 꽃잎들
약속이나 한 듯이 가만히 깨어나 작은 몸짓으로 날
갯짓하네.

앵글 속에 담으려고 했던 것이 섣부른 욕심이었나.
눈에 보이는 것들 눈 속에 모두 담으며

그냥 그렇게 빛바래지 않게 청보랏빛 남겨두기로
하네.

내일쯤이면 아름다운 산수국 나비처럼 날아가 버
렸다고
바람은 어디선가 소식 한 줄 물어와 가만히 들려주
겠지.

은행나무

강물처럼 쉼 없이 흐른 세월
연둣빛 싹 틔워 꽃 피운 시절이 엊그제 같은데
오늘은 노랗게 익은 은행을 앞세우더니
낙엽 되어 탁발 떠나는 소리
찰나의 끝이 장엄하다.

홀가분하게 길을 걷고 있는
그리운 이의 뒷모습을 닮았다.
이제는 모든 것 내려놓으리라.
물끄러미 헐벗은 모습 바라만보다
정적의 순간들을 가슴에 새기며 호흡을 멈춘다.

꽃 피워 기다려준 그리운 시간들이 있어
열매 맺은 은행나무
문득, 일상을 뒤돌아보니 소소한 풍경들 속에서
누군가 부르는 소리.

내일은 나를 찾아 나그네 길 떠나보리.

바람꽃

천지에 바람 소리 가득한 날
꽃잎, 소식 한 줄 전하네요.
바람 불어 이리저리 흔들리지만
부드러운 꽃잎 사이로
한 움큼의 향기 붉어져
그대에게 살며시 스며드네요.
나를 바람꽃이라 불러주세요.
세월 흘러도 잊지 않을 향기처럼
꽃의 화신으로 남을게요.
그대에게 영원히 머물 수 있기를
세상에 흔들려 형체를 잃어버려도
온몸으로 그대 감싸 안으며
천년인 듯 향기롭게 피어나기를
바람이 불러주는 노랫소리
천지가 온통 바람꽃이네요.

가을빛

천혜의 아름다운 땅만이
고운 씨앗을 품어
꽃을 피워내는 것은 아니리.

무엇이든 빛이 되는 가을
하늘도 구름 꽃을 키우고
사람들도 마음 꽃을 키우리.

가만히 소슬바람 불어오면
온 세상 빛으로 깨어나
환상의 꽃물결 이루리.

눈빛만 살짝 마주쳤는데
옷깃만 은근히 스쳤는데
온 세상은 꽃향기로 가득 스미리.

바람 불어와 잠시 설렜다면

아무도 모르게 마음 줍는 당신

한 송이 애틋한 꽃으로 피어나리.

녹차꽃 핀 날

녹차꽃처럼 하얗게 웃고 있었네.

옹이 진 솔낭구 아래서

한쪽 몸을 지팡이에 의지하고

그는 느리게 내 이름을 불렀네.

구겨진 신발을 고쳐 신으며

허리를 펴고 그를 보았네.

햇살이 갓 피어나고 있었네.

어디 가느냐고 묻는 물음 사이로

먼 눈빛이 허공을 가르고

녹차꽃은 하얗게 피어나고 있었네.

그의 지팡이가 눈에 들어와

가슴속에 아픈 자리를 잡았네.

차마 등산 간다는 말을 하지 못했네.

잠깐 절에 좀 다녀오려고,

수습하는 대답은 말이 되지 못하고

머쓱해진 마음만 꽃처럼 피어났네.

아직은 찻잎처럼 푸르러야 할 나이인데

흔들리는 눈빛을 애써 감추며

황급히 녹차꽃을 향해 웃었네.

추억처럼 이 꽃도 곧 질 것을 알기에

우리는 모른 척 하얗게 웃으며

꽃잎처럼 향기만 휘날리기로 했네.

백설이 피어나다

눈 시린 겨울이 왔는데
장미꽃은 계절을 잊었을까.
못다 핀 꿈이 있었을까.
담장을 타고 오른 앙상한 넝쿨
꽃을 피워 환하다.
하늘에서 송이 눈이 내려도
붉게 피어난 장미꽃
저 향기는 어쩌지 못한다.
백설의 아름다움에 도취해도
자꾸만 눈이 가는 장미꽃
저 가시를 보는 일도 마음 시리다.
산허리를 감고 도는 구름이
산 위로 올라가고 햇살이 갓 피어난다.
꽃 위에서 녹아드는 백설의 눈물
저것을 사랑이라 이름 붙이자
장미꽃이 막 시든다.
가시를 가진 앙상한 저 넝쿨도

이제 숨죽일 시간이다.

꽃은 지고 향기로운 기억은 남아

꽃자리에 백설이 피어난다.

남천

달아실 입구에 붉게 빛나는 나무
찬바람에도 움츠러들지 않고 당당하다.
고개 들어 올려다보지 않아도 되고
고개 숙여 내려다보지 않아도 된다.
아담한 모습 누구나 편안하게 마주한다.

삭막하게 헐벗은 나무 사이에서 홀로 붉어
하늘거리는 이파리 힘찬 기운을 샘솟게 한다.
터져 나오는 탄성 사이로 햇살 한 줄기 쏟아진다.

윤기 나는 붉은 이파리 앞세우고
긴 겨울 찬바람도 매섭지 않다고
눈보라 속에서도 붉은 열매 반짝거린다.
오고 가는 행인들 눈길이 멈춘다.

이 차가운 겨울도 빛나게 하는 나무
아름다움을 간직한 남천을 보면서

우리 사는 일 앞에 혹한이 몰아쳐도
남천처럼 아름다워지는 비결 하나 묻고 싶다.

오고 가는 행인들에게 힘찬 기운 안겨주는
그 모습이면 더할 나위 없이 충분하다고
굳이 물으려 하지 말라며 겨울 철새들 속삭인다.

겨울 찬바람에 하늘은 쪽빛으로 얼어붙어도
열매도 이파리도 더욱 붉어진 남천은
아름다운 제 모습 감추지 못해 스스로 찬란하다.

지극히 몽환적인

빛바랜 담장을 바람이 넘나든다.

진홍빛 겨울장미 한 송이
세상 밖으로 고개를 내밀고
오고 가는 사람들의 눈길을 휘어잡는다.

이 겨울, 너는 어쩌자고
저토록 선명하게 피워 담장을 넘었을까.
따스한 햇살이 겨울도 잊게 하더니
장미의 봉오리를 맺히게 하고
꽃 피우게 하였을 것이다.

내일쯤 찬바람 불어와 눈이라도 내리면
여리고 어여쁜 꽃잎은 얼어붙어
고개를 떨구고 시들 것을 알기에
황홀경도 잠시, 장미의 안위가 걱정된다.

세상을 사는 일도 가끔은

때를 잊고 피어나는 장미처럼

타이밍이 맞지 않아 비현실적일 때가 있다.

몽환적인 표정을 애써 감추며

황홀하게 피어나고 있는 너에게서

구스타프 클림트의 키스란 그림이 연상되어

부드러운 꽃잎이 요동친다.

환상의 세계를 넘나드는 꿈이라도 꾸는 것일까

계절을 잊고 담장을 넘은 장미 한 송이

지극히 몽환적인 설렘을 피워낸다.

너의 아픔까지도 사랑해

아로마 향이 코끝을 자극한다.

원두를 곱게 갈아 커피를 내린다.

혀끝에서도 익숙한 향기는

마음속까지 파고들어 감성을 흔든다.

너의 아픔까지도 사랑하라고

속삭였던 달콤한 꽃말처럼

젊은 날의 청춘이 아슴하게 읽힌다.

흰 꽃의 진한 향기로 나비를 불러들여

열매를 맺는 순간들이 지나고 나면

모든 것이 다 잘 자랄 수는 없을 것이다.

우리들의 삶도 마찬가지다.

너의 아픔까지도 사랑했던 순간들은

차갑게 식어버린 커피처럼 사라지고

쓰디쓴 미각만이 남을 것이다.

우리는 이 시린 겨울날에

커피의 꽃말까지 사랑하면서

뜨거운 향기에 취해 흔들린다.

절정의 순간이 잦아들고

어느 순간 모든 것을 놓아버리면

끝인 줄 알면서도

사랑 노래는 멈출 수가 없다.

제2부

물 위의 집

물 위의 집

비가 막 떠난 무기력한 날

물이 불어난 심산계곡에 들어섭니다.

저 건너편 아늑한 자리를 탐하다

물 때문에 건너지 못하고 물 위에 집을 짓습니다.

여기저기서 돌을 가져와 돌탑을 쌓아 물길을 돌립니다.

물 위의 집이 쉽게 무너지는 줄 알면서도

오늘 하루만 살아보자고 집을 짓습니다.

아름다운 물의 나라 베네치아라 명명하며

늘 그렇듯이 허황된 완성을 꿈꿉니다.

찰나의 순간 무너지는 상상이 앞서는 것은

뿌리 없이 흔들리는 영혼 때문입니다.

바람처럼 스며드는 수없는 좌절감 앞에

두더지처럼 땅속으로 파고드는 죄의식 때문입니다.

물 위에 지은 집, 등을 대고 누워 하늘을 봅니다.

여기저기서 모여든 길 잃은 돌들

뾰족하게 날을 세워 등을 찌릅니다.

화인처럼 아프게 등에 박힙니다.

갑자기 먹구름이 빗줄기를 동반하고 지나갑니다.

세찬 빗줄기에 순식간에 불어나는 계곡물

베네치아를 탈출하고 집은 물속으로 사라집니다.

화인처럼 박힌 돌들의 아우성이

오래도록 귓속을 떠돌아 맴돌고

나도 덩달아 길을 잃어 꿈속을 헤매고 있습니다.

새를 지키다

여자는 오늘도 허울뿐인 과수원에서 새를 쫓고 있다.
비 내리는 일요일 휴식은 멀리 던져진지 오래
뭐하냐는 물음 사이로 새를 지키고 있단다.

새가 날아와 날카로운 부리로 복숭아를 쪼아 먹을
까봐
휘이 휘이 새를 쫓는 일을 새를 지킨다고 말한다.
너무 오랫동안 새들과 동거하는 외로움을 누려
여자의 주름진 목에서는 슬픈 새의 노랫소리가 흘
러나온다.

새들은 귀신같이 복숭아가 익어가는 것을 알아차려야
최고로 맛있는 복숭아 향기의 달콤함을
날카로운 부리로 쪼고 또 쪼면 붉은 과육이 드러나야,
때론 여자의 몸을 쪼려는 듯 새들이 날아들 때도 있
다고 한다.

과수원을 폐원하고 떠날 수 있는 기회가 있었지만
여자가 새들을 지키고 있는 것인지
새들이 여자를 지키고 있는 것인지
과수원은 새들의 언어로 숲을 이루고 있다.

아무리 쫓아도 여자를 찾아 다시 돌아온다는 새들
잠이 들어도 새를 쫓는 악몽을 슬픔처럼 베어 문다
고 한다.
끝없이 날갯짓하며 날아들어 곁드는 새들
여자는 새들을 쫓거나, 새들을 지키면서
새처럼 가볍게 비상할 꿈, 꾸고 있는지도 모른다.

새를 지키기 위해 오늘도 굽은 허리를 펴는 여자
휘이 휘이 던지는 여자의 외마디는 침묵의 그늘이다.
여자가 지켜야 할 것이 어디 그것뿐이었겠는가.

시절인연

돌아보면 상처 입은 삶에 깃들어 살았음을 안다.

옷깃을 여미면 문득 지나간 날들이

끊기지 않는 철로의 선처럼 선명해진다.

어두운 밤이 되면 작은 불빛들이 하나의 이정표처럼 반짝인다.

그 빛만으로 살기에는 부족한 것이 더 많은 세상이다.

그 세상과 잡았던 손을 놓아야 할 때가 있고

벽이었던 순간들이 무너지는 날이 있다.

바람을 가르며 날아가는 새처럼 솟아오르고 싶은 날도 있다.

물망초 피는 날, 영화를 보는데

더 이상 나눌 기억의 집이 없다고

짐승처럼 울부짖는 주인공의 눈물에 전이된다.

이별의 때를 직감하며 시절인연이란 단어를 되새김질한다.

너무 늦게 깨달은 과오, 오늘은 과거에 대한 반성

을 한다.

되돌릴 수 없는 날들임을 인정한다.

절망하기엔 아직은 살아내야 할 날들이 너무 많다.

돌아보면 삶이란 것이 참으로 남루했다.

이제 치유할 수도 없는 수많은 날들 앞에

치러야 할 의식만 태산처럼 쌓이는 것을 안다.

흐르는 구름처럼 떠도는 바람처럼

피멍 든 삶이지만 더러는 신성해지라고

문득, 그렇게 누구에게나 시절인연이 온다.

붓을 든다

지천명이 넘어서야 붓을 든다.
벼루에 먹을 갈아 먹물을 적신다.
세종대왕이 만들었다는 훈민정음
초성과 중성을 되풀이하여 쓴다.

쓰고 또 써도, 수없이 써도
한 획 바르게 긋지 못하고 휘어진다.
마음속에 욕심이 들어앉아
붓끝에 힘을 주어도 자꾸만 비뚤어진다.
묵향에 취해 겉멋만 부리다
비뚤어지는 획은 글이 되지 못하고
누각의 댓잎처럼 춤을 춘다.

먹물을 적신 붓은 꽃봉오리 같다.
한 획 그어 한 송이 꽃 피우면
은은한 꽃향기 진동할 것 같아
소소한 욕심이 꽃처럼 피어난다.

훈민정음 바르게 새겨

한 송이 꽃 피우는 그날이 올까.

그 소리 깊이 새기는 날

마음 자락 붙잡을 수 있을까.

속세에서 흔들리는 한 생

붓끝에서 춤출 수 있을까.

한 생각, 오래도록 묵향에 취한다.

운무의 춤사위

비 내려 마음 자락 심란한 가을날
저 멀리 천태산 능선 사이 운무 가득하네.
안개 사이로 손을 뻗어 산 허리를 감싸는 구름
속절없이 신선놀음 즐기고 있네.
슬쩍 고개를 넘는 구름의 수줍은 미소 사이로
안개는 아무도 모르게 하얀 드레스 자락 펼치네.
아무 것도 보이지 않던 아득한 길
수없이 넘나들면서도 몰랐던 그 길
은은하게 드러난 모습 오늘은 찬란하네.
가까운 곳에서는 보이지 않던 것들
한발 물러나 멀리서 바라보니
내 것이 아닌 듯 내 것인 듯 부드럽게 속삭이네.
내 고통이 다른 이들에겐 신선놀음이었음을
다른 이들의 고통이 내겐 신선놀음이었음을
한 걸음 물러선 오늘 정말로 알겠네.
운무 수줍은 듯 춤사위로 자취를 감추네.

수요일의 기도

수요일엔 맑은 날이었으면 좋겠네.

파란 하늘과 따사로운 햇살이

우리 등 뒤에서 찬란히 빛났으면 좋겠네.

오늘처럼 비 내리지 않았으면 좋겠네.

비가 와야 한다면

두 손 모아 기다리는 봄비처럼

서로를 꽃피우게 하는 봄비가 되었으면 좋겠네.

오늘처럼 차가운 바람 불지 않았으면 좋겠네.

우리 눈썹 창에 눈물방울 맺히지 않았으면 좋겠네.

난초처럼 서로를 향기로 가득 채워주었으면 좋겠네.

와인처럼 적당히 발효되어 달콤했으면 좋겠네.

징검다리를 건너는 여유로움으로

실개천을 뛰노는 물고기를 바라보듯

아무 걱정 없었으면 좋겠네.

모두의 안위를 기도하는 신이시여.

수요일엔 꽃피는 봄날처럼

향기로움 가득 피어났으면 좋겠네.

돌아가련다

활처럼 휘어진 등을 어루만진다.
뼈가 둥근 돌기처럼 손끝에 닿는다.
세월이 만든 아버지의 굽은 등
팔십 평생 흙과 더불어 살아온 세월
미이라처럼 뼈만 앙상하다.
아버지의 흐려진 눈빛 사이로
먼 하늘이 달무리 지듯 보인다.
느그 할머니가 부르는 그날
나는 존엄하게 돌아가련다.
그때가 오면 조용히 갈란다.
아버지의 음성에서 고된 인생길
굽은 길이 아스라이 드러난다.
그 길 다듬어 놓은 세월이 있어
내가 평탄하게 걸어왔음을
지천명이 넘어서야 겨우 알겠다.
가을 하늘이 눈부시게 푸른데
아버지는 이제 돌아갈 길을 다듬고 있다.

일상처럼 담담히 받아들이고 있다.

이른 아침에 울리는 전화벨 소리에도

가슴을 쓸어내리는 순간이 있다.

외면의 시간

당신의 1면을 펼친다.
질책 갑질 지옥 비명을 외면하고
먼 옛날, 황량한 들판에서 이삭을 줍듯
바다 해변 첫 부러움을 줍는다.
당신의 2면을 펼친다.
상생 호감 낭만 사랑이 아슬아슬하다.

외면하지 말고 정면을 응시하자고
다짐했던 모순의 시간들을 펼친다.
또다시 파도치는 거센 바다에 섰지만
결국 천천히 등을 돌린다.
아무것도 하지 못하고 돌아선다.

빙글빙글 제자리를 벗어나지 못하고
고개를 들어 하늘을 보니
온통 잿빛 구름이 뒤덮여있다.
간절한 시선을 외면하고,

당신을 외면하고 나를 외면한다.

눈을 돌리고 등을 돌리고 마음을 돌린다.

산책로에 핀 보랏빛 맥문동

조용히 손짓하여 행인들 불러들인다.

젊은 날 엄마란 이름

세월의 강을 건너 할머니로 불리듯

낡고 빛바랜 것들도

아름다운 법이라고 빛 한줄기 반짝인다.

외면의 시간들, 낯이 부끄럽다.

제자리걸음

두 발을 움직여 사뿐사뿐 땅 위를 걷는다.
날고 싶은 욕심에 잠든 새의 날개를 빌린다.
모두가 선망하는 하늘을 향해 힘껏 날갯짓한다.

아무도 몰래 하늘을 탐하고 구름의 부력에 의존한다.
저 멀리 구름 사이로 공중 걷기가 보인다.
부양되어 새의 날개를 돌려주고 공중 걷기를 한다.

어색한 발놀림 사이로 땅과 하늘 사이에 놓인다.
어느 경지에 오른 듯 바람을 타고 공중 걷기를 한다.
멀리 가고 싶은데 아무리 치솟아도 제자리걸음이다.

욕망의 모래성을 허물지 못해 공중 걷기를 멈추지
못한다.
땅과 하늘 사이에서 허우적거리는데 아침을 알리는
알람소리
어지러운 꿈속에서 가까스로 눈꺼풀을 들어 올려 깨

어난다.

　땅 위에서 자리를 잡지 못해 발을 헛디뎌 벼랑에
선다.

　하늘은 꿈꿀 수 없어 버린 지 오래된 출구다.

　제자리걸음뿐인 공중 걷기도 허황된 꿈이라서 설
곳을 잃는다.

삶을 빚다

산사에 가부좌로 앉아 어쭙잖게 새알심을 빚는다.
아무리 빚어도 늘어나지 않는 새알심
아무리 빚어도 무엇인가에 빚진 느낌을 버릴 수가
없다.

새알심을 빚는 일은
두 손을 모아 둥글게 비는 일이다
찹쌀 반죽을 둥글게 빌어 빚는다.
팥물에 들어가 풀어지지 않도록
두 손을 모아 지극한 마음으로 빚는다.
손바닥이 얼얼해지도록 빌고 또 빌어도
끝나지 않는 삶의 무게는 어찌해야 하는지
새알심을 빚다가 궁금증이 도발한다.

새알심을 빚는 동짓날을 기점으로
태양신이 새로운 기운을 얻어 둥글게 부활한다며
산사의 풍경소리 선문답하듯 한 마디 거든다.

새알심처럼 둥글게 빚어내는 일이

삶이란 무게 중심을 견디어 내는 일이라고

오늘도 내일도 분별심을 버리고 둥글게 빚어가란다.

우주의 이치는 하나로 연결되어 있기에

두 손을 모으고 새알심을 빚어내는 일처럼

마음을 쏟아 정성으로 빚어내는 일이 삶이란다.

떨켜의 시간

해 질 녘 오후의 햇살이 따사롭다.
그 햇살 앙상해진 나무를 어루만진다.
순간 시샘이라도 하듯 몇 방울의 찬비 내린다.

바람이 불고 뒹구는 낙엽들
하나 둘, 아련한 꿈을 꾸는지 바스락거린다.
그 소리 천천히 따라가 보니
고고한 소나무 옆에
세상을 누비는 자 천연덕스럽게 바짝 엎드려 있다.

누군가 걸쳐준 맞지 않는 옷을 입고
자신의 것이라도 되는 듯
아무것도 모른다는 표정으로 근심 없이 웃고 있다.

떨켜가 없는 잎줄기처럼
초라해진 모습을 혼자만 모르는 듯 하다.
맑은 세상을 고집하는 이의 거기 옆자리

자신의 자리인양 바짝 붙어있다.

고개를 돌리는데도 자꾸만 눈에 밟히는 그 모습
어디서 많이 본 듯하여 자꾸만 뒤돌아보게 된다.
내려놓지도 정리하지도 못하는 모습이 안쓰럽다.

화려했던 날은 빛을 잃어 시들어버리고
세상의 많은 이들이 외면하는데
정녕 혼자만 모르는 것일까.
나뭇잎은 무슨 말 전하고 싶어 바스락거리는 것일까.

클릭

잠 못 이루는 밤 유튜브를 클릭하자
어느 순간 그녀가 내 안으로 들어왔다.
어느 별에서 살았는지 궁금하여
여기저기 내력을 찾아 클릭하다가
신선한 충격에 꼬박 밤을 지새웠다.
어두운 밤이면 반짝거리는 별처럼
이 밤에 유튜버가 더욱 빛나 보였다.
지난밤이 그동안의 수많은 밤과 달라졌다.
세계를 보는 눈이 각자 다르다지만
받아들이기 나름이라고 하지만
그날이 그날 같이 무너지는 절망은
스스로 만든 위리안치였음을 알겠다.
탱자나무 울타리에 갇힌 유년에 살았던 집
그 집을 벗어나면 세상이 달라질 줄 알았다.
이제 와서 돌이켜 생각해보니
더욱더 큰 울타리에 스스로 갇혀 살고 있음을
이끌림도 없이 죽은 듯이 살고 있음을 알겠다.

생각 없이 유튜브를 클릭했지만

긴 밤 지새우고 맞이한 아침이 문득 찬란하다.

말세 시대

하늘을 올려다보지만 긴 장마 때문에

태양도 달도 구름에 가려 볼 수가 없네.

장마가 물러난 그 자리에

폭염이 자리를 꿰차고 앉아 밖으로 나갈 수 없네.

눈이 부셔 뜨거운 태양을 볼 수도 없고

열대야에 달을 올려다볼 마음도 사그라드네.

그 사이 별들은 자리를 잃어버리고

보이지 않는 세상에서 오랫동안 헤매네.

두레박으로 퍼낼 수 없는 우물은

더 이상 샘물을 만들지 못하고 썩어가네.

고인 물을 마신 사람들의 마음자리

서서히 병마로 물들어가고 있네.

수행도 실천도 마다하고 서로서로 남만 탓하느라

민심을 살펴야 할 지상이란 무대에선

멈추지 않는 고성만 천지간을 오가네.

코로나 19라는 발 빠른 바이러스는

소리 없이 우리 주위를 호시탐탐 노리고 있네.

보이지 않는 바이러스와의 전쟁으로

세상은 더 피폐해지고 아둔해진 삶으로 점철되네.

끝이 보이지 않는 지난한 세상에

우리를 위협하는 모든 것들을

하늘의 뜻에 반한다고 포장만 하더니

죄책감도 없이 지구란 별을 무너뜨리고 있네.

마스크 안녕

포스트코로나와 뉴노멀을 논하는 사이
안녕이라고 마스크가 인사를 건넨다.
어색한 눈빛 사이에서 마스크는 표정이 없다.
파란 하늘이 보이고 뭉게구름이 하얗게 지나간다.
저 하늘의 구름처럼 뭉쳐 살았던 한 시절이
간절히 그리워지는 아침, 마스크는 상전이다.
흩어지는 구름을 따라 쫓아가다가
그만큼의 거리에서 익숙한 듯 걸음을 멈추고
사람들의 눈빛을 읽으려 애써본다.
표정을 마스크 속에 감춘 것처럼
사람들의 마음은 닫혀있어 알 수가 없다.
마스크는 좀처럼 열리지 않는 작은 문처럼
더 견고하게 서로를 지킬 줄 안다.
끝이 보이지 않는 수평선처럼 아득해지는 나날
이제는 돌아갈 수 없는 그리운 날들 사이에
안녕이라고 마스크가 먼저 인사를 한다.
저 만치 멀어지는 것들에게 손짓을 한다.

작은 풀잎 위에 찬 이슬이 맺히고

머지않아 찬 겨울이 시작될 것인데

언제쯤 우리는 잘 이별할 수 있을까.

당신도 괜찮습니다

흰 드레스를 입은 신부를 축하해주러 예식장에 갔다.
코스프레를 하려는 듯 모두들 흰 마스크를 쓰고 있다.

코로나19 바이러스가 예식장을 쓸고 갔다는 소식이
날아든다.
누구라도 피할 수 없는 신의 시험대에 오른 것이다.
선별 진료소 앞 뜨거운 햇살이 사람들의 몸을 관통한다.
검사를 기다리는 시간 사람들의 눈빛 사이로 초초함
이 읽힌다.

거짓말처럼 나는 동선의 타이밍에 갇혔다.
꿈인 듯 현실인 듯 부정하는 시간 사이에서
서서히 기다림에 지쳐 미로에 빠질 즈음
호명하는 간호사의 목소리는 꿈결처럼 아득히 멀어진다.
충혈 된 눈동자로 설문지를 읽고
지친 마음으로 현실을 돌이켜본다.
또다시 기다리는 시간, 이것이 진정 삶인 것인가.

원활한 검사는 꿈속의 먼 나라 이야기다.

차례가 오자 방호복을 입은 의사의 목소리가 들린다.

잠시만 기다리라는 금속성 같은 단어와 함께

작은 막대와 기다란 면봉이 눈앞을 스치고

목 안쪽과 콧속 깊은 곳에서 검체를 채취한다.

이물감이 밀려와 반사적으로 외마디와 함께 눈물방
울이 맺힌다.

소문은 바람도 없이 빠르게 날개를 달고 날아간다.

안위를 묻는 지인들의 핸드폰 저쪽의 목소리

자신을 걱정하거나, 위로하거나 3인칭의 누군가를
이야기하지만

모두들 호기심의 궁금증인 뿌리를 감출 수는 없다.

기억나지 않는 어렴풋한 지난 며칠을 긍정하거나 부
정을 한다.

홀로 밤을 지새우며 지난 세월의 수천수만 생각이
떠오른다.

애간장을 녹이며 기다리는 시간 사이로 문자가 툭
들어온다.

"코로나 검사 결과 음성임을 알려드립니다."

이제 나는 괜찮습니다.
물론 당신도 괜찮습니다.
누군가에게는 소소한 일상이겠지만
오늘도 함께 꽃 피워봐야겠습니다.

레테의 강

레테의 강을 찾아 나선다.

길눈이 밝은 안내자를 만나

그 강에 도달하고 싶다.

모르는 척 그 강물 한 모금 마시고 싶다.

찬 서리 내려 잎새는 붉어지고

마지막 잎새도 자취를 감추면

그 강 한 발짝 가까워질 것이다.

저 멀리 은사시나무 우듬지에 휘영청

눈 시린 달이 뜬다고 하여도

그 강을 찾아 나서는

발걸음 멈추지 않을 것이다.

그리하여 어느 날 돌아올 수 없는

망각의 강을 건너리라.

덧없이 흘러가는 시간은 다 잊으리라.

살아온 기억을 지우리라.

그 강 낙원으로 향하는 길

잊지 않고 정중히 맞아주리라.

번아웃

아무 일도 아닌 척 하루를 살았다.
냉정한 현실을 인지하면서도
정녕 아무렇지 않을 줄 알았다.

그 하루가 지나고 냉정을 되찾으며
자본주의 사회를 살아가는
이성의 민낯을 들여다보니 그것은 절망.

허우적거릴 이유가 없다고 단정하니
누군가가 만들어 놓은 함정 같아서
배신당한 듯 실체가 잡히지 않는다.

사는 동안 절망만 지키느라
아무것도 할 줄 몰라 참는 법만 입력했다.
결코, 반기를 들어 본 적이 없어서
택한 적 없는 자발적 아웃사이더가 된다.
들어낼 필요도 없는 속내지만

더욱더 굳게 문이 닫힌다.

투명한 유리 지옥에 갇힌다 해도
누구도 볼 수 없도록 벽을 치리라.
세상에 아무도 없는 듯 근원을 찾다
온몸이 번아웃을 외친다.

제3부

상념의 시간

우는 법

눈가에 이슬이 맺힌 얌전한 그녀가
찻잔에 우전차를 따라주어 한 모금 마신다.
입안 가득 차향이 머물다 부드럽게 스며든다.
돌아서 나오는 길, 그녀에게 눈길이 간다.
나의 착시였다고 생각하며 정원을 거니는데
저 멀리 홍학이 외다리로 고고하게 서 있다.
왜 저기 저렇게 얌전히 있냐고 물으니
한쪽 날개의 어디쯤을 잘랐다고
균형이 맞지 않아 날지 못한다고 한다.
순간 고고해 보이던 홍학이 처연해 보인다.
날개만 있으면 세상의 모든 것들은
날 수 있다고 믿었던 순간들이 있었다.
날고 싶은 것은 본능일 뿐이라니.
신비스러움을 간직한 고운 빛이
천년의 사랑을 노래한다고 해도
무너지는 절망이 피워 올리는 외침일 뿐이라니.
한가로이 정원을 거닐고 있는 홍학

어쩌면 그녀는 저 홍학처럼 외다리로 서서
고고하게 우는 법을 배웠을지도 모른다.
미안하다, 무심히 스쳤을 나의 카르마여.

몽유도원도

하늘이 무너지는 날이 있었네.

두 손이 닳도록 기도했네.

원망하는 마음도 분노하는 마음도

참회해야 한다던 그 말씀조차도

거역하고 싶은 날이 있었네.

돌아오는 길, 보름달이 떠 있었네.

주변은 천천히 달무리 지고

어둠 속에서도 구름은

하늘을 화폭 삼아 그림을 그리고 있었네.

구름 붓이 지나가면서

몽유도원도 수묵으로 펼쳐놓고

여백 사이로 조용히 사라졌네.

모든 것들은 우주의 이치 속에서

하나로 연결되어 흐르고 있었네.

여름날 태양처럼 치열했던 날들조차

무상無常할 뿐이었네.

이 세상 끝나는 그날까지 기도하네.

사랑하는 사람의 안위를 지켜주시옵소서.

꿈길

이른 새벽, 세상을 깨우는 부드러운 바람소리

능소화 꽃잎이 낙화하여 수놓은 주홍빛 꽃길

바스락 거리며 귀를 세우는 오감길 다람쥐

하늘을 삼키고도 흔들림이 없어 깊이를 알 수 없는 호수

바람결에도 수없이 흔들리는 소소한 풍경들

찰나의 순간을 카메라 앵글에 맞춰 담는다.

그대에게 보내려고 썼다 지웠다 하는 사이

삭제 버튼 사이에서 흔적도 없이 물거품처럼 사라진다,

아름답거나 불편한 것들 사이의 조마조마한 일상

꿈길이 푸르러지는 현실은 단지 꿈일 뿐인가.

처음의 설렘도 흐르는 시간 앞에선 퇴색되고

모래성임을 깨달으며, 헛되게 무너지는 것들 앞
에 무릎을 꿇는다.

폐허가 된 일상이 거역할 수 없는 어둠으로 채색
된다.

바람의 유혹

동이 튼 새벽 산행 중 은밀히 유혹하는 바람
허락도 없이 귀를 통과하더니 온몸을 휘감아 돈다.
보이지도 않는 바람이 온 우주를 흔든다.
어디에서 들은 것 같기도 한
익숙하지만 해석하지 못한 바람의 언어를 따라나선다.

수많은 나뭇잎을 처음인 듯 서서히 흔드는 바람
잠시도 쉬지 않고 흔들어댄다.
나뭇잎은 견딜 수 없다는 듯 자신만의 언어를 토해낸다.

조금만 귀 기울여 들으면 저 소리
누군가 간절히 기도하는 찰나의 신음소리 같다.
아니다, 참을 만큼 참았다가 뱉어내는
한이 서린 가슴애피 같다.

모르겠다, 저 바람은 수시로 변하더니
깊이를 알 수 없는 어느 지하도시의

밑바닥을 끌어올리는 듯 어둠의 소리를 토해낸다.

참을 수 없는 궁금증이 도발한다.

해석하지 못한 바람소리의 유혹을 따라나선다.

가만히 귀 기울여 소리 나는 곳으로 고개를 돌린다.

바람의 끝 황량한 숲에서 피어난 얼레지꽃

보랏빛 꽃잎의 기품 있는 속살을 보여준다.

살갑게 손짓하는 자태에 처음인 듯 젖어든다.

자유롭지 못한 이별

맑게 드러난 파란 하늘을 올려다본다.
꽃잎처럼 피어나는 구름 조각이 수없이 펼쳐진다.
그 꽃은 순식간에 형체도, 그림자도 없이 사라진다.

수없이 변화무쌍한 저 하늘의 뒤편은 알 수가 없다.
우리가 볼 수 있는 것은 진정 무엇일까.
무엇을 보았다고 어둠 같은 세계에 대해 말할 수 있을까.

화무십일홍 권불십년花無十日紅 權不十年이라는데
고개를 들어 바라보는 저 높은 하늘
어느새 먹구름이 일더니 빗방울이 후드득 떨어진다.
하늘 아래 세상은 요란한 빗소리에 무수히 갇힌다.

순간 천둥번개를 동반한 폭우에 허물어지는 것들
절망감을 주는 불안한 비바람 그치고 나면
하늘은 해맑은 얼굴 상냥하게 내밀 것이다.
우리는 저 하늘에 무엇을 묻고 들을 수 있으리.

황망한 세상 빗소리에 마음을 내어준 것이 죄라서

불편한 마음 자락을 지그시 누른다.

우리는 서로에게 자유롭지 못한 이별에 갇힌다.

벗어날 수 없는 수많은 언어의 덫에 걸려든다.

워리피플

과테말라 먼 나라에서 워리피플이 왔어
손가락 마디만 한 인형들을 만져보며 씨익 웃어주
었어

세상의 이치라는 것이 때론 이해가 되지 않지만
공기 한 박스 보내라며
오랜만에 한 전화를 끊는 사람의 무심한 주문처럼
모든 것들이 낯선 세상이 되어버렸어.

세상은 보이지 않는 바이러스에 서서히 침식당하고
우리는 두 눈만 깜박거리고 있어.
그동안 너무 많은 직설적인 입들이 세상의 귀를
침식했지.
이제는 참혹한 대가를 치르느라 귀를 기울이지만
소통되지 않은 언어들이 난무하여 서로 고성만 오
가고 있어.

바람이 지나가는 자리에 능소화 지고

저만큼 멀어져 가는 사람의 뒷모습이 쓸쓸해지는
오늘,

먼 나라에서 온 워리피플에게 근심 한 줌을 훔쳐주니

그 작은 눈이 윤슬처럼 반짝이네.

우리 모두는 먼 바다의 외로운 섬처럼

홀로 견디는 법을 배우고 있다네.

운명의 덫

창문을 열어 하늘을 올려다보는 그대여, 흐릿하지만 나는 밤에만 보이는 만월입니다. 한 달에 한 번 만월로 떠오르는 시간, 그대 기다리는 운명의 덫에 걸렸다고 해도 이제는 어찌할 수 없습니다.

백년쯤 천년쯤 흘러도 내 슬픔의 무게는 똑같나 봅니다. 천천히 혼자서 외롭게 사그라질 것을 알면서도 어김없이 이 자리로 이 시간에 가득 차올라 돌아오는 것을 보면, 그대여 마음 한쪽쯤은 슬퍼지도록 내어 놓지 않으시렵니까.

오늘은 바람이 세차게 흔들어 대더니 세상에 찬바람 냄새뿐입니다. 나는 서서히 구름 속으로 숨어들고, 세상이 비를 불러 어둠을 보내고 빗방울 소리가 끊이지 않도록 그대에게 운명이란 덫의 눈물을 흘리게 합니다.

이 밤이 새면 아무 일 없었다는 듯이, 달맞이꽃으로 피어난 그대 다 잊어버리도록 밝은 태양을 보내 드리겠습니다.

칼깃을 세운다

무게를 가늠할 수 없는 목줄을 건다.

버거움이 어둠처럼 스며들고

어깨가 내려앉을 것 같은데

누구에게도 하소연할 수 없다.

그늘진 도시에서 떠도는 이들이 간절히 원하는

그 줄, 얼마나 목에 걸고 싶어 하는지 안다.

내가 지금 벗어나고 싶어 하는 이 자리는

네가 얼마나 갖고 싶어 하는 자리인 줄 안다.

목줄에 끌려 이리저리 다니느라

해 저물고 파장되어도 팔리지 않는 생선처럼

찌든 비린내에 영혼을 팔아 버린 지 오래되었다.

진정 부끄러움을 안다고 해도

사람들은 손으로 두 눈을 가리면 그뿐

오늘도 홀로 쓸쓸히 숲 속을 거닌다.

무엇으로도 채울 수 없는 허기진 마음

누구에게도 들키고 싶지 않은데

끝을 알 수 없는 지평선이 아슴하다.

거짓말 같은 하루를 잘 살았다고

노을처럼 저 혼자 붉어진다.

멀리서 들려오는 스산한 바람소리

마음은 매처럼 날아올라 칼깃을 세운다.

버거운 생 앞에

꿈속에서조차 몸살을 앓았다.

겨울에서 봄이 오기 전에

여름에서 가을이 오기 전에

계절이 바뀌는 일, 산야가 힘들어하듯이

자연을 거슬러서는 살아갈 수 없는

힘없는 잡초처럼 생은 늘 버겁다.

추운 겨울을 견디어내고

향기로운 꽃을 피운다는 것은 쉽지 않다고

뜨거운 여름을 견디어내고

열매로 익어가는 것은 쉽지 않다고

바람이 귀에 대고 속삭인다.

이 낯설지 않은 수치스러움으로 인해

석양처럼 붉어지는 서러운 마음은

어디에서든 위안받을 수 없다.

다시 그 계절이 오고 얼마나 더 짓밟혀야

온전히 홀로 설 수 있는 그 날이 올 수 있을까.

촛불의 밤은 언제쯤 밝아질 수 있을까.

세월이 흘러도 변할 수 없는 권력 앞에

무력해진 사람들은 무릎을 꿇고

상처 입은 마음은 치유되지 않는다.

로드킬 당하는 동물처럼 나약함에 절망하느라

눈시울이 붉어져도 두 손 모은다.

계절이 바뀌듯 천천히 봄이 올 것을

아무리 짓밟아도 다시 일어서는 잡초처럼

세상에 절망하지 않을 것을.

상념의 시간

키가 자그마하고 깡마른 그녀의 눈빛은 한 치의 흔들림이 없다. 목소리는 감정선이 사라진지 오래다. 눈앞에서 습을 하는 그녀의 손길이 믿기지 않는다. 십여 년이 넘게 염습을 했다는 그녀의 몸은 찬바람을 닮았다. 염을 하는 긴 생머리 사이로 끊임없이 바람이 드나들고 있다.

얼마나 많은 사람들의 못다 핀 사연을 수의 속에 새겨 넣으며 염을 했을까.

닳고 닳아 보랏빛 꽃을 피웠던 기억조차 잃어버린 싸리나무 빗자루처럼 상념의 시간을 얼마나 견디었을까. 푸른 면도날의 움직임 사이로 말 못한 사연들이 비수처럼 날을 세워도 한순간도 멈추지 않았으리라. 마지막 가는 길을 위해 예를 갖추며 정성을 다하는 손길이 치열하다 못해 아리다.

관속의 카네이션과 안개꽃 생화가 주검과는 차갑도록 이질적이다. 염을 마친 그녀의 앙다문 입술 사이로 비로소 안도의 매운바람이 새어 나온다.

굽은 나무

내 이름은 굽은 나무입니다.

구름이 걸쳐 있는 숲속에 살고 있습니다.

그 누구도 제대로 보아주지 않습니다.

처음부터 그랬던 것은 아닙니다.

어느날 밤 바람이 불고, 그 바람

태풍으로 돌변하여 나를 덮쳤습니다.

바람이 멈추고 하늘도 땅도 그대로인데

나는 그림자조차 반듯하지 못합니다.

조금만 바람이 불어도 흔들립니다.

세상에 분노하여 주저앉았으나

이제는 일어나 느리지만 걸어가고 있습니다.

수석 위에 자라난 분재처럼

가끔은 내 문양 앞에 의연해지려고 합니다.

구름이 걸쳐 있는 동안 가장 행복합니다.

숲속이라서 내 모습으로도 족합니다.

보랏빛 도라지꽃이 빙긋이 웃으면

흰 접시꽃이 토라지는 정겨운 산방에 누워

잊지 않고 나를 찾아줄 당신을 기다립니다.

여기 어디쯤 살았을 것이라고 생각합니다.

화폭 속에 굽은 나무로 갇혀 살아도

구름 때문에 시야가 가려 멀리 보지 못해도

당신이 어디쯤 오지 않을까

그 생각 하나로 세상은 부용화처럼 환합니다.

섬진강

좀처럼 오지 않는 봄을 찾아 섬진강에 간다.
지난여름 집중호우로 상흔이 가시지 않는
에움길 마디마디에서 비명소리가 들리는 것 같다.

그 자리에서도 버들강아지 힘겨운 듯 실눈을 떴다.
섬진강 줄기 따라 걷는 발걸음이 무거워진다.
서글픈 시대, 마스크 사이로 밀고 들어오는 은근
한 향기
출처를 찾아 두리번거리다 발견한 매화꽃망울
서툰 몸짓으로 꽃망울을 한껏 부풀리고 있다.
불확실한 이 시대에 상처 받은 영혼
위로해주기라도 하겠다는 듯이 피어나는 것들

끝없이 이어지는 강물 사이사이에
세월의 흔적을 고스란히 담고 반쯤 몸을 눕힌 바
위들
지나간 물결을 잊지 않겠다는 듯이

그 결 그대로 간직한 채 반짝이는 모래사장

　섬진강은 변함없이 굽이굽이 아름다운 것들을 품고 있다.

　행인의 무심한 눈길도 스쳐 지나가는 바람도

　놓치지 않고 고이 간직하겠다는 듯이 그 안에 무수한 것들을 새겨 넣었다.

　굳이 묻지 않아도 상흔을 간직한 체로도

　충분히 아름다운 봄은 또 그렇게 온다고 강물이 노래한다.

　섬진강 줄기 따라 머무는 발걸음 더없이 가벼워진다.

단전리 느티나무

마을 어귀에 들어서니 당산나무가 서있다.

과거의 기억을 전설처럼 품고 의연하게 외지인을
맞이한다.

단전리 끝자락에서 이끌리듯 마주한 느티나무다.

누군가 다녀간 자리에 재물처럼 쌓여있는 쌀과
과자

신목의 영험함을 믿는 간절한 자였으리라.

나무의 이력을 살피니 사백여 년을 훌쩍 넘긴 아
름드리다.

임진왜란 때 순절한 장군을 기린다는 반구형 장
군목.

그동안 마을을 지켜준 흔적을 고스란히 간직한 듯

여기저기 울퉁불퉁한 골로 얽힌 채 누군가의 한
을 씻어주고 있다.

나무 아래는 품격을 갖춘 오래된 정자도 있다.

잠시 쉬어가라는 듯 외지인의 고된 발품을 받아 준다.

긴 세월 오고 간 행인들 고단한 몸 눕혀 쉬어갔으리라.

처마 끝에 걸린 느티나무 가지 사이로 드러나는 파란 하늘

흰구름과 더불어 유유자적한다.

수려한 하늘풍경을 엿보느라 잠시 속세를 내려놓는다.

공존의 시간

강가에 앉아 너를 기다리다
간절함과 교감하는 집착의 시간
맑은 강물을 바라보니, 세상의 모든 것을 품고 있다.

리무진이 죽음을 싣고 지나간다.
이 세상이 평화롭기를 바라는 짧은 기도를 되뇐다.
슬그머니 빛바랜 조화가 지나가고
지루함이 느리게 지나가고
사람들이 힐끔거리며 지나간다.

오래된 슬픔의 뇌관이 폭발한다.
낯선 여인이 아우디를 따라가고
기다려도 오지 않는 너에게서
올 수 없는 네가 될까 두려워진다.
포기란 단어에 물러나지 않기를 되뇐다.

결코, 오지 않아서가 아니다.

더 이상 열정이 남아 있지 않을까 두려워

죽음과 삶이 공존하는 현실에 좌절감이 파도처럼
밀려온다.

물거품처럼 사라지는 오래된 과거

뇌리를 흔들어 오늘 뼈아프게 절망한다.

세상의 꽃들이 피어도 너는 모른다고 하리라.

나무에 간신히 붙어있는 잎새는 하나 둘 지고

열매도 맺지 못한 격정이 시나브로 시든다.

강물은 세상을 품어 나도 잠시 강물에 든다.

자연의 경고

어젯밤 태풍이 지나간 자리
맑고 깨끗한 안도의 한숨을 뒤로하고
오늘 아침 세상은 혼돈의 카오스를 연상케 합니다.

태피스트리 그 흔적처럼 자세히 보면
정교하게 얽힌 세상살이의 모습인데
자만심 때문에 거미가 된 아라크네를 떠올리게
합니다.

자연을 마음대로 훼손시킨
반성 없는 오만불손한 인간의 태도에 대해
미리 경고하는 것인지도 모릅니다.

생명을 순환시키는 것은
자연의 힘이라고 하는데 허락도 없이
그 흐름을 마음대로 끊어버렸으니
세상살이대로 흐르지 못하고 막혀버린 것은 아닐

는지요.

소통과 교감은 먼 나라 이야기가 되고
하늘과 땅의 몸부림이 세상을 흔들고 있습니다.
언제쯤 우주의 이치 어렵지 않게 받아들이고
자연의 아름다움 그대로 간직하며
이 세상에서 순하게 살아갈 수 있을까요.

제4부

유배지에서

등을 읽다

누대의 천 냥 빚을 갚고 멋진 하루를 샀다.

그 하루, 보낼 곳을 찾아 산천을 헤매다

오랜 세월 버티고 살아 화석이 된

천연기념물 야사리 은행나무 아래서

숨을 고르고 가만히 나무를 올려다본다.

수많은 은행잎이 일제히 등을 보여준다.

그동안 윤기 나는 앞만 보았는데

뒤를 보는 일은 결코 유쾌하지 않다.

은행잎의 등은 사람의 등처럼 제각각이다.

방치된 등을 들여다보는 일이란

마음에 저울이 있어 휘청거리는 일이다.

사람의 등에서는 수많은 언어가 난무한다.

그 속에서 읽히는 마음의 무게는 밸런스가 없다.

읽었으나 해석하지 못한 등은 오래 기억된다.

아직은 짙푸른 잎 사이에 정적이 감돈다.

오월의 그리움

비 내리는 날, 만연사 일주문에 들어선다.
낙숫물 떨어지는 소리가 무겁다.
돌아보니 지난 시간이 한순간이었음을
이제 알 것도 같은데 뒤늦은 깨달음은
불경 외는 소리를 따라와 귓속으로 스며든다.
눈 감고 싶어도 눈 감지 못하는 불면의 시간
물고기의 영혼처럼 시공간을 떠도는지
마음속은 빗소리를 닮아 요란하다.
배롱나무에 걸려 있는 붉은 연등들
바람 따라 이리저리 흔들린다.
허허로운 마음 사이로 연등 하나 들어서고
위로받지 못하고 외롭게 떠난 영혼들
오월의 그리움만 배롱꽃처럼 피어난다.
이승의 안녕을 기원하는 종소리 울려
까닭 모를 마음이 서럽게 붉어진다.
빗방울 사이로 향내음 가득하고
절간의 미물조차 안녕을 노래하는지
오월의 하루가 꿈결처럼 또 저문다.

유배지에서

긴 강의 울음소리 멈추지 않는다.
갈대꽃 사이를 바람이 넘나들면
놀란 왜가리 날갯짓 요란하다.

물안개 피어오르는 지석강
오늘은 연주산 긴 그림자 자취를 감춘다.
미완의 개혁 앞에 시절 인연은 오지 않는다.

기득권의 칼날에 위리안치되어
홀로 견딘 외면의 시간
매섭게 휘날리던 눈발 속에
간절한 그리움 사약 한 사발로 놓아버린다.

짧은 생애 등진 세월의 강을 건너
바람은 영정각 문을 열어젖힌다.
정암선생은 알 듯 모를듯한 표정으로
먼길 찾아온 객을 향해 눈짓한다.

좀처럼 오지 않는 새벽을 기다린
초가삼간 유배지의 서러운 시간
해서체 사이에서 꿈틀거리는 옛 자취
푸른 이끼꽃으로 아스라이 피어난다.

애절한 절명시 한 편 되뇌며
고결한 선비정신 강물에 띄워
삭풍으로나마 유배지의 소식을 전한다.
새벽별은 떨어지지 않는다.

세량지

마음속 비밀한 장소 찾아 나서네.
길 모퉁이 돌아서니 물안개 피어나 신비롭네.
연분홍 산벚꽃과 어우러진 초록의 나뭇잎 사이로
찬란한 햇살 내리 비추면 수채화 한 폭 펼쳐지네.

윤슬의 황홀경에 넋을 놓으면
산벚꽃 휘날려 바람의 무늬 잠을 재우고
고요한 수면 위로 돌올한 꽃잎들 수를 놓네.

지구 모퉁이에 앉아 쓸쓸하게 보낸 지난날도
마스크에 갇혀 끝이 없는 암울한 미래도
눈부신 수채화 한 폭이면 위안이 되네.

천상의 아침이 이보다 눈부실까.
눈 맑은 벗님들, 마음 자락 바빠지고
꽃바람 천리길 찾아나서 손짓하네.

잠시 쉬어가라고 호젓함에 젖어보라고

찬란한 지구의 아침, 소리 없이 깨우네.

안위를 꿈꾸는 자들 멀리서 찾아드는지

바람에 휘날린 꽃잎들 가온으로 품어주네.

기타 연주에 이끌리다

동구리 호수공원에 노을이 진다.

석양의 노을빛 산사를 붉게 물들인다.

산사를 지키는 호수의 물고기들

가볍게 수면 위로 튀어 오른다.

그 사이로 작은 물방울들

생성과 소멸을 꿈꾸는 소리 탱글탱글하다.

문득, 금목서 달콤한 향기가 코끝을 스치더니

알람브라 궁전의 추억 기타 연주가 귓가를 스친다.

저 멀리 데크길 옆, 누군가 연주를 하고 있다.

그 리듬에 맞추어 빠르거나 느리게

나는 호수에서 물수제비를 뜬다.

물결이 아라베스크 문양으로 수를 놓는다.

몸과 마음의 긴장이 풀리는 듯

몽환적인 물결에 마음이 치닫는다.

살아 움직이는 듯 꿈틀대는 물결을

마음이 따라가니 소리 없이 물속으로 빨려 든다.

신비로운 물결무늬 호수에서

하늘과 나무와 꽃이 오롯이 피어난다.

새로울 것 하나 없는 일상이

트레몰로 주법의 기타 연주에 마음이 이끌려

톡톡 튀어 오르고 꿈틀댄다.

황량한 사막에서도 물줄기 쏟아 오를 것 같다.

꿈 한 자락 아득히 펼쳐지다 멀어진다.

자귀꽃

동구리 호수공원을 느리게 산책하고 있는데

저 멀리 홍학 떼 쭈빗쭈빗 머리를 내밀고 있네.

바람 따라 이리저리 춤추는 것 같아

보고 싶은 마음이 앞서서 한 달음에 달려갔네.

막 하늘을 날아오르려고 폼을 잡은 듯하여

눈을 비비며 자세히 들여다보니

아름다운 홍학, 찰나지간에 날아오르고

그 자리엔 연분홍 자귀꽃만 만발했네.

두근거리는 기쁨도 환희도 잠깐이었네.

자귀꽃 피면 여름 장마가 시작될 거라 했던가.

구름은 벌써 알고 하늘을 그러데이션으로 수놓았네.

잠시 농담을 논하는 사이 빗방울 후드득 떨어지네.

저 멀리 팔각정을 향해 급하게 뛰어가

옷깃을 여미며 빗줄기를 피하는 사이

연분홍 우산을 쓰고 걸어가는 빗속의 연인

우산 속 겹쳐진 저 손 서로 놓치지 않기를

가만히 자귀꽃 불러 눈빛으로 청하니

눈부신 춤사위로 화답을 하네.

항아리

너릿재를 지나면 옹기 전시장
저 많은 항아리들이 나를 부른다.
들어오렴, 어서 빨리 들어오렴.
저 속으로 들어가고 싶어진다.
내가 항아리 속으로 들어가면
너는 이제 뚜껑을 닫으렴.
전생이 기억나는 걸까.
저 속이 궁금해지고 몸이 오글거린다.
너는 전생에 저 뚜껑을 닫았을 것이고
현생에도 뚜껑을 닫으려 한다.
나는 얌전한 고양이처럼
그곳에 들어앉아 천년쯤 수행을 하고
너는 천년쯤 뚜껑을 열 준비를 한다면
우리가 다시 만날 수 있을까.
다시 만난 그 생生
소요逍遙하며 유유자적 살아낼 수 있을까.

만연사

바람비가 내리는 이른 아침이다.
오래된 연인은 문을 활짝 열어젖히고
무심한 척 한결같이 누군가를 기다리고 있다.
나는 안으로 들어가 두 손을 모은다.

나이 든 보살이 들어와 촛불을 밝힌다.
그 사이로 이름 모를 작은 새 한 마리
비를 피하려는 듯 안으로 날아든다.
새는 자신도 모르게 안으로 갇혀 울부짖고
나이 든 보살은 모른 척 밖으로 나가더니
바람비 맞으며 장대로 비파나무를 두들긴다.
노란 비파가 바닥에 후드득 떨어진다.

화우천 지붕 위를 타오른 능소화는 능청스럽고
오래된 연인의 보이지 않는 마음은 알 수가 없다.
능소화 지고 비파 꽃 피면 그때쯤 알 수 있을까.
저 문은 언제쯤 닫힐까, 아니다.

찾는 이 없어도 변함없이
오래된 연인은 저 문을 열어젖히고
나이 든 보살은 정성스럽게 촛불을 켜리라.

나는 방황한 지난날들을
향을 사르듯 뼈저리게 반성하리.
두 손을 모으며 돌아서면 또 제자리인 줄 알지만
때론 측은지심마저 행복인 줄 알리라.
대웅전을 돌아서 나오는 길
얼굴로 떨어지는 빗물을 옷깃으로 훔치며
오지 않을지도 모를 누군가의 내일을 기약한다.

고인돌의 나라

태초의 신비를 간직한 약속의 땅
고인돌의 나라를 찾아 나섰네.

낮은 데로 흘러가는 지석강을 건너네.
벼랑 끝에서도 우주의 지혜를 터득하는
맑은 물결 따라나서니 경건한 소망의 노래 들리네.

문명의 시원에서 민무늬 토기로 생성되는
고인돌의 나라, 빛을 가르며 동이 트네.

에움길 돌아 산기슭에 서니
밤하늘의 어두운 길도 인도한다는 신비한 별자리
가득하네.
태초의 비밀을 고인돌에 새겨둔 채
해석되지 않는 불립문자 토해내네.

가만히 귀 기울이니 인류의 발원지는

꽃으로 피어나는 축제의 장, 고인돌의 나라
영혼의 노랫소리 산기슭에 종소리처럼 울려 퍼지네.

붉은 토기에 새겨진 암각화를 손끝으로 따라가며
두 손을 공손히 모으니, 영원한 생명을 노래하는
태초의 신비로운 꽃봉오리 수줍게 피어나네.

삶과 죽음이 공존하는 고인돌의 나라
영원히 살아가는 부활을 꿈꾼다면
순리대로 살아가는 올곧은 지혜 찾으라 하네.

내려가는 법

하늘숲을 지나 정상을 향해 걷는다.

데크 길을 지나 흩뿌려진 낙엽을 밟는다.

사그락거리는 화음을 뒤로 하고

시린 공기를 처음인 듯 마신다.

얼굴을 스치는 바람이 세포 속으로 파고든다.

다람쥐도 자취를 감춘 숲길이 고즈넉하다.

헉헉 숨이 차오르더니, 이제 정상이다.

정상을 상징하는 푯말 옆

의자에 누워 하늘을 우러른다.

시리도록 파란 하늘을 향해

탁본이라도 뜨듯 카메라를 누른다.

이곳이 정상이라지만 손 닿을 수 없이

높은 곳에서 내려다보며 신은

우리에게 무엇을 주고 싶었을까.

다시 내려가야 하는 시간

오르막길에서 숨이 차올랐다면

내리막길은 헛디디면 곤두박질이다.

닿을 수도 없는 곳에서 정상이라고
흐뭇해하는 군상들에게
내려가는 법을 가르쳐주고 싶었을까.
아무 말 없이 잠잠한 하늘이
오늘은 더욱 시린 날이다.

충절을 기리며

충의사 홍살문 앞에 선다.
해 질 녘 한낮의 소란스러움이 진다.

먼길 돌아 이 자리다.
고사정, 회화나무 아래 우물터에서
한 모금의 생명수로 의기투합한
의병들의 잔영을 가슴에 품고
그는 홀로 돌아설 수 없었으리.

정의로운 장군의 혼백만이 남아
이곳 충의사로 돌아왔다.
왜병들 앞에 당당했던 기상
남강의 푸른 물에 투강하여
순절로서 생을 던져버린 애절함.

남겨진 혼백의 애달픈 마음 알았을까.
홍살문 사이로 해걷이바람이 지나간다.

천천히 오르니 논개 의암 영각이다.

가냘픈 여인의 몸으로 왜장을 깍지껴 안고

촉석루에서 투신, 순절로서

돌아올 수 없는 강을 건넌 의암

영정만이 그날을 호젓이 말해주고 있다.

조선의 운명을 지켜낸 의병들

한달음에 진주성으로 달려간 의병장

순절로서 그를 지켜낸 열사 논개

역사에 길이 빛나 영원한 충절의 뜻 기리노라.

무성영화를 보다

그녀가 수놓은 무지개 요양병원
온기 잃은 사람들이 갇혀 산다.
무지개 떠올라도 앙상한 모습뿐
핏기없는 사람들 얼굴 사이로
무성영화 한 장면을 보는 것 같다.
저 모습 어디에 생기가 있어
봄날의 나비처럼 훨훨
날아오를 힘 남아있을 것인가.
오른쪽으로 왼쪽으로 고개를 돌려도
날마다 서로가 낯설어지는 부재
어설픈 이별만 피어나 꽃잎은 지고
눈가엔 저절로 이슬만 맺힌다.
온기 묻어나는 진정한 위로에도
안위 따위는 잊어버린 지 오래다.
오늘도 꽃잎은 수없이 지고
향기로웠던 시절은 어디로 가는지.
가벼운 바람에도 흔들리는

떨켜의 시간을 기다리고 있다.

화려했던 시절도 아련했던 시절도

무성영화 한 장면처럼 낯설다.

거꾸로 매달려보니

노을빛으로 물든 동구리 호수공원을 산책한다.

거꾸로 매달리기 운동기구를 발견하고 주위를 두리번거린다.

다행히 적막함과 고요함뿐이다.

사용 설명서를 읽고 조심스럽게 발을 디뎌 양 손으로 기구를 잡는다.

처음처럼 천천히 거꾸로 눕는다.

저 멀리 커피숍을 올라가는 사람들의 다리를 따라가다 보니 얼굴이 들어온다.

밑동을 따라가다 보니 매혹적인 능소화가 보이고

천천히 달리는 바퀴를 따라가다 보니 자동차가 눈으로 들어온다.

얼굴이 있어 걸어 다니는 것이 아니라 다리가 있기 때문이다.

꽃이 향기로운 것은 보이지 않는 뿌리가 있기 때

문이다.

자동차가 무사히 굴러다니는 것은 바퀴가 있기 때
문이다.

보이지 않았던 것들이 눈에 들어온다.

보이지 않는 곳에서 소리 없이 움직이는 이들이 있어

세상이 이만큼 아름답게 돌아가나 보다.

떨어지지 않으려고 발바닥을 기구에 밀착시키고
손으로 운동기구를 잡는다.

거꾸로 매달려보니 알겠다.

그동안 떨어지지 않으려고 발버둥 치며 살아왔음을

놓지 않으려고 움켜쥐고 살아왔음을

천천히 몸을 일으켜 두 발로 땅을 밟으니 하늘이 빙
그르르 돈다.

문득, 제자리로 돌려놓아야 할 것들이 많음을 알겠
다.

몽유도원도 2

오늘처럼 마음이 흐린 날에는
누구에게도 알리지 않고 한천에 간다.

물안개 아득히 피어오르고
신비한 몽유도원도 수묵화 한 점
부끄럽게 보여주는 호숫가를 거닌다.

나랑 같이 연분홍 복사꽃 향기에 취해
세상은 잊어버리고 꿈속처럼 거닐자.
아득한 그 길을 모른 척 걸어
영롱한 별천지로 들어가 보자.

잊어버린 듯 살며시 눈을 감자.
엄니의 속살처럼 향기로울 테니
잠시라도 내려놓고 고요해지자.
어수선한 세상은 수면 아래 버려두고
아름다운 절경 속을 사뿐히 걸어보자.

뼛속까지 서러운 날에는 한천에 간다.
무릉도원에서 햇살이 비추거든
못 이긴 척 오늘은 따라가 보자.
연분홍 꽃잎처럼 향기로울 테니

낙원 속으로 걸어 들어가듯
나랑 같이 손을 잡고 오늘은 가자.

풍진과 강호 사이

풍진과 강호 사이

황정산 | 시인·문학평론가

1. 들어가며

김소월이 이미 1920년대에 「산유화」라는 시에서 "산에 산
에 피는 꽃은 // 저만치 / 혼자서 피어있네"라고 하여 인간과 자
연 사이의 거리를 노래한 이후, 우리는 자연과 거리두기의 삶을
살고 있다. 이는 현대 과학문명이 만들어 놓은 인위적인 삶의 환
경에서 사는 우리에게는 어쩔 수 없는 일이다. 그런데 이러한 삶
은 채울 수 없는 어떤 갈망을 일으킨다. 오랜 세월 자연 속에서
안온과 평온을 느끼면서 살던 인류의 유전자가 아직은 이 도시
적 삶의 삭막함을 견딜 수 없어 하기 때문이리라. 그래서 사람들
은 도시의 삶을 정리하고 '자연인'이 되어 산속에서 은거하기도
하고 귀농과 귀어의 삶을 택하기도 한다. 그것도 아니면 주말이
라도 자연을 찾아 캠핑 같은 것이라도 해서 자연 속에서 힐링의
시간을 갖고자 한다.

임미리 시인의 시들에는 이런 현대인들의 삶이 그대로 녹아

있다. 그의 시에는 세속과 자연, 도시적 번잡함과 유유자적의 삶 또는 풍진과 강호 사이에서의 방황과 긴장이 들어 있다. 그의 시들을 좀 더 찬찬히 살펴보자.

2. 자연과 접속하다

IT를 이용한 수많은 미디어와 각종 SNS 그리고 인공지능이 탑재된 각종 가전제품과 함께 하는 지금의 삶의 환경은 우리로 하여금 자연과는 멀어질 수밖에 없는 현실을 강요한다. 자연과 분리된 삶은 편리하기는 하지만 삭막하다. 그것이 삭막한 이유는 자연과 같은 영원성이 없기 때문이다. 인간 사회의 인위적 관계 속에서 만들어진 인연들은 일시적인 이해관계와 서로 간의 필요에 의한 계약으로 맺어진 것일 뿐이다. 그러므로 그 관계망 속에서 우리는 상처를 입고 고통을 겪게 되고 그러면서도 거기에서 벗어나지 못하고 구속을 감내하며 살아간다.

돌아보면 상처 입은 삶에 깃들어 살았음을 안다.
옷깃을 여미면 문득 지나간 날들이
끊기지 않는 철로의 선처럼 선명해진다.
어두운 밤이 되면 작은 불빛들이 하나의 이정표처럼 반짝인다.
그 빛만으로 살기에는 부족한 것이 더 많은 세상이다.
그 세상과 잡았던 손을 놓아야 할 때가 있고
벽이었던 순간들이 무너지는 날이 있다.

바람을 가르며 날아가는 새처럼 솟아오르고 싶은 날도 있다.

물망초 피는 날, 영화를 보는데

더 이상 나눌 기억의 집이 없다고

짐승처럼 울부짖는 주인공의 눈물에 전이된다.

이별의 때를 직감하며 시절인연이란 단어를 되새김질한다.

－「시절인연」 부분

시인은 사회 속에서 맺은 모든 관계가 시절인연임을 우리에게 알려준다. "세상과 잡았던 손을 놓아야 할 때가" 오고야 만다는 것이다. 또한, 단단한 벽이었던 현실이 무너지는 순간이 오고야 만다는 것이다. 세속의 삶이란, 우리가 그 안에서 내 삶의 모든 것을 투여하고 살지만 결국은 우리를 온전히 맡기기에는 너무도 불안하고 부족한 것이기 때문이다. 이 부족함을 메우기 위해 우리는 자연을 찾는다. 하지만 자연에서의 삶이라는 것이 말처럼 그리 쉬운 것이 아니다. 우리의 삶이 이미 과학문명에 의해 지배당하고 있기 때문이다. "나는 자연인이다" 같은 TV 프로그램이 아이러니하게 그것을 잘 말해준다. 모든 사회적 관계에서 벗어나고 문명으로부터 떨어져 자연 속에서의 삶을 꿈꾸며 살지만 그들의 삶이 다시 매스 미디어를 통해 많은 사람들에게 보여지고 있다는 사실은 그들이 꿈꾸고 있는 자연과의 합일된 삶이 결국은 허상이었음을 말해준다. 임미리 시인은 이런 자연으로의 회귀보다는 자연과의 접속을 꿈꾼다. 비록 현실은 세속의 문명 속에서의 삶을 벗어날 수 없지만, 마음 한구석에 자연의 숨결을 느끼며 살고자 한다. 다음 시가 이런 시인의 자세를 잘 보여 준다.

무게를 가늠할 수 없는 목줄을 건다.
버거움이 어둠처럼 스며들고
어깨가 내려앉을 것 같은데
누구에게도 하소연할 수 없다.
그늘진 도시에서 떠도는 이들이 간절히 원하는
그 줄, 얼마나 목에 걸고 싶어 하는지 안다.
내가 지금 벗어나고 싶어 하는 이 자리는
네가 얼마나 갖고 싶어 하는 자리인 줄 안다.
목줄에 끌려 이리저리 다니느라
해 저물고 파장되어도 팔리지 않는 생선처럼
찌든 비린내에 영혼을 팔아 버린 지 오래되었다.
진정 부끄러움을 안다고 해도
사람들은 손으로 두 눈을 가리면 그뿐
오늘도 홀로 쓸쓸히 숲 속을 거닌다.
무엇으로도 채울 수 없는 허기진 마음
누구에게도 들키고 싶지 않는데
끝을 알 수 없는 지평선이 아슴하다.
거짓말 같은 하루를 잘 살았다고
노을처럼 저 혼자 붉어진다.
멀리서 들려오는 스산한 바람소리
마음은 매처럼 날아올라 칼깃을 세운다.

－「칼깃을 세운다」 전문

신분증을 목에 걸고 다니는 삶이란 비교적 성공한 삶이다. 하지만 시인은 도시의 한 부분을 차지하는 시설과 조직의 일원임을 알려주는 그 표식이 자신을 옭아매는 목줄이기도 하다는 것을 깨닫고 있다. 다른 사람들이 부러워하는 삶일지 모르지만, 스스로는 목줄에 끌려다니는 삶이 부끄러울 뿐이다. 그 부끄러움을 숨기고 사는 자신의 삶을 반성한다. "거짓말 같은 하루를 잘 살았다고 / 노을처럼 저 혼자 붉어진다"라는 구절이 그것을 잘 보여준다.

그런 시인 자신에게 힘과 위안을 주는 것은 다름 아닌 자연이다. "홀로 쓸쓸히 숲속을 거"닐면서 "허기진 마음"을 달랜다. 이 숲속이라는 자연을 접하면 "끝을 알 수 없는 지평선이 아슴하"게 떠오르고 멀리서 "스산한 바람소리"가 들려온다. 이런 자연의 아련한 이미지들은 시인에게 현실의 답답함을 벗어나게 해주는 해방감과 자유에의 희망을 느끼게 해준다. 그런 자유에의 꿈을 포기하지 않기 위해 시인은 마음의 "칼 깃을 세운다."

다음 시는 좀 더 감각적으로 자연과의 접속의 순간을 보여 준다.

암자 모퉁이 보일 듯 말 듯 한 곳에 숨어있는 해우소에 쪼그리고 앉아 마애여래상의 사연 한 자락 모르는 척 버리려 하는데, 문틈 사이로 들어오는 향기에 놀라 눈이 휘둥그레지네. 저 멀리서 홍매화 막 피어나네.

군이 탐매에 나서지 않아도 되겠다는 설레는 마음을 숨기는

곳이 하필 해우소라 혼자 붉어진 내 마음을 알았을까. 홍매화도
덩달아 붉어지는 이 봄, 명지바람에 휘날리는 꽃잎의 향기도 황
송한데 매화는 저만 모르는지 자꾸만 붉은 미소 터트리네.

　나는 후다닥 각시바위에 오르네. 살며시 조금씩 피어나는 홍
매를 보네. 바람은 등 뒤에서 불어 비운의 사연 한 자락 지워지
지 않게 바위에 새기네. 붉은 꽃잎들이 휘날리네. 나는 용기를
내어 여인의 가슴에 얹힌 왼손을 가만히 내려주네.

－「탐매」 부분

　시인은 매화꽃을 보기 위해 간 한 사찰의 해우소에 들렸다가
거기서 매화의 향기에 놀라 붉게 핀 홍매화를 보게 된다. 홍매화
를 만나는 곳이 바로 해우소였다는 것이 이 시의 가장 중요한 부
분이다. 해우소는 절의 화장실을 일컫는 말이지만 글자 그대로
직역하면 걱정을 해결하는 곳이라는 의미를 가진다. 쓸데없는
삶의 번민을 떨쳐버리려고 하는 바로 그 순간에 시인은 홍매화
라는 자연의 선물을 보게 된 것이다. 그 설레는 그러면서도 화장
실에서 사람을 만나는 것처럼 자신이 부끄럽기도 한 그 순간을
시인은 "혼자 붉어지는 내 마음 알았을까…(중략)…매화는 저만
모르는지 자꾸만 붉은 미소 터트리네"라고 아주 감각적으로 표
현하고 있다. 그리하여 시인은 이런 마음 자세를 가지고 한을 품
고 죽은 여인이 변한 각시바위에 올라 그 여인의 슬픔을 위로해
준다. 자연이 준 위안과 힘이 그런 용기를 가능하게 했으리라.

위 시도 그렇지만 임미리 시인에게 자연은 향기로 다가오는 경우가 많다.

그림자도 숨어버린 무더운 여름날
시원한 바람을 찾아 나선 선정암
입구에 들어서니 코끝을 자극하는 향기 진동하네.

두리번거리다 마주친 해당화 한 무더기
척박한 모래땅 바닷가에서만 꽃 피는 줄 알았는데
정인을 만난 듯 반갑게 마주앉네.

산사의 바람에 얼마나 흔들렸을까.
붉은 꽃잎이 더욱더 애잔해 보이는데
그리운 이를 기다리는 듯 강인하게 피었네.

산 넘고 바다 건너 먼 곳까지
아련한 향기 한 줌이라도 보내려했을까.
붉은 꽃잎 사이로 보일 듯 말 듯 그늘이 보이네.

푸른 가시로 버텨낸 세월이 얼마였을까.
보는 이의 아련함 깊어 가는데
바람결에도 모른 척 잠이 드는 해당화

내일쯤이면 찾아 올 그리운 이의 발치에서

더욱더 붉게 피어날 꽃잎 무더기

향기로운 몸짓이 산사를 흔들어 깨우네.

-「해당화 향기」 전문

인간의 감정을 가장 많이 지배하는 감각이 후각이라고 한다. 청각과 시각은 그 안에 많은 정보를 담고 있어 우리의 이성을 일깨우지만, 후각은 한순간의 경험과 거기에 결부된 정서를 감각적으로 환기한다. 프루스트가 마들렌이라는 프랑스 과자의 향기를 떠올리며 「잃어버린 시간을 찾아서」 라는 긴 장편소설을 시작하게 된 것을 생각하면 쉽게 이해된다. 시인은 향기를 통해 숨어 피어 있는 해당화를 만난다. 해당화는 "보일 듯 말 듯 그늘이 보이"는 존재이며 "푸른 가시로" 오랜 세월을 버텨온 존재이다. 그것은 세파에 찌들리며 걱정과 고통 속에 살아가는 우리들의 모습과 다르지 않다. 하지만 해당화는 그런 고통의 시간을 향기로 변화시켜 그 "향기로운 몸짓이 산사를 흔들어 깨"우고 우리들의 굳어진 마음을 움직여 "내일쯤이면 찾아 올 그리운" 어떤 존재를 일깨운다. 이렇듯 임미리 시인에게 향기는 자연과 우리를 연결시키는 접속의 도구이며 우리는 이것을 통해 현실의 세속적 삶 속에서 자연을 닮은 어떤 순수한 마음을 잃지 않게 되는 것이다.

그것을 알지 못했던 시간들을 시인은 다음과 같이 반성한다.

산책로에 핀 보랏빛 맥문동

조용히 손짓하여 행인들 불러들인다.

젊은 날 엄마란 이름

세월의 강을 건너 할머니로 불리듯

낡고 빛바랜 것들도

아름다운 법이라고 빛 한줄기 반짝인다.

외면의 시간들, 낯이 부끄럽다.

- 「외면의 시간」 부분

3. 유배지의 정서

임미리 시인의 시들에는 유배지가 자주 등장한다. 조선시대 선비들에게 유배지는 홍진과 강호가 만나는 곳이다. 벼슬을 하며 현실의 정치판에서 모진 삶을 살다가 강제로 자연으로 쫓겨와 살게 된 것이 바로 유배의 삶이다. 하지만 이것을 통해 자연의 이치를 더 깊이 깨닫게 되고 자신의 사유와 인식의 폭과 깊이를 확대할 수 있었다. 정약용이나 윤선도가 이를 잘 대변해 준다. 다시 말하면 유배지는 속세와 자연이 접속하는 장이라는 상징적 의미를 담고 있다.

긴 강의 울음소리 멈추지 않는다.

갈대꽃 사이를 바람이 넘나들면

놀란 왜가리 날갯짓 요란하다.

물안개 피어오르는 지석강

오늘은 연주산 긴 그림자 자취를 감춘다.
미완의 개혁 앞에 시절 인연은 오지 않는다.

기득권의 칼날에 위리안치되어
홀로 견딘 외면의 시간
매섭게 휘날리던 눈발 속에
간절한 그리움 사약 한 사발로 놓아버린다.

짧은 생애 등진 세월의 강을 건너
바람은 영정각 문을 열어젖힌다.
정암선생은 알 듯 모를듯한 표정으로
먼길 찾아온 객을 향해 눈짓한다.

좀처럼 오지 않는 새벽을 기다린
초가삼간 유배지의 서러운 시간
해서체 사이에서 꿈틀거리는 옛 자취
푸른 이끼꽃으로 아스라이 피어난다.

애절한 절명시 한 편 되뇌며
고결한 선비정신 강물에 띄워
삭풍으로나마 유배지의 소식을 전한다.
새벽별은 떨어지지 않는다.

－「유배지에서」 전문

이 시 속의 주인공은 개혁을 추진하다 역적으로 몰려 유배당했다가 결국 사약을 받고 죽은 정암 조광조이다. 그의 죽음은 억울한 죽음이다. 그가 행하고자 했던 많은 진보적인 개혁들은 미완에 그치고 그를 죽음으로 내몬 기득권층의 패악은 이후에도 계속 사회를 어지럽혔을 것이다. 하지만 시인은 그가 위리안치된 초가삼간이나 그가 사약을 받고 쓰러지는 최후의 순간마저다 자연을 배경으로 제시함으로써 그의 죽음이 결코 허망한 것이 아니었다고 말하고자 한다. 그가 글씨를 쓰며 보낸 힘든 시간은 "푸른 이끼꽃으로 아스라이 피어"나고 그가 죽은 순간에도 "새벽별은 떨어지지 않는다"고 말하고 있다. 그의 억울함을 견디게 해 주고 그의 강인함을 확인해 주는 자연이 있는 한 그의 정신은 사라지지 않을 것이라는 이야기이다. 그의 "고결한 선비정신"은 유배를 통해서 증명된다는 것이다. 왜냐하면 유배지는 앞서도 설명했듯이 자연과 세속이 만나 자신의 삶을 반성하는 곳이기 때문이다.

다음 시는 이런 유배의 의미를 좀 더 확장해서 보여주고 있다.

　　과테말라 먼 나라에서 워리피플이 왔어
　　손가락 마디만 한 인형들을 만져보며 씨익 웃어주었어

　　세상의 이치라는 것이 때론 이해가 되지 않지만
　　공기 한 박스 보내라며
　　오랜만에 한 전화를 끊는 사람의 무심한 주문처럼
　　모든 것들이 낯선 세상이 되어버렸어.

세상은 보이지 않는 바이러스에 서서히 침식당하고
우리는 두 눈만 깜박거리고 있어.
그동안 너무 많은 직설적인 입들이 세상의 귀를 침식했지.
이제는 참혹한 대가를 치르느라 귀를 기울이지만
소통되지 않은 언어들이 난무하여 서로 고성만 오가고 있어.

바람이 지나가는 자리에 능소화 지고
저만큼 멀어져 가는 사람의 뒷모습이 쓸쓸해지는 오늘,
먼 나라에서 온 워리피플에게 근심 한 줌을 훔쳐주니
그 작은 눈이 윤슬처럼 반짝이네.

우리 모두는 먼 바다의 외로운 섬처럼
홀로 견디는 법을 배우고 있다네.

－「워리피플」 전문

시인은 과테말라에서 만들어진 '워리피플'이라는 귀여운 인형을 보고 많은 생각을 한다. 워리피플은 걱정을 대신해 준다는 주술성을 가진 인형이다. 그런데 이 인형이 마치 유형을 오듯 먼 바다를 건너 여기까지 와 먼 나라 사람들의 근심을 덜어주고 있다. 시인은 남의 나라까지 와서 다른 사람의 근심까지 떠안고 있는 그들에게 감정이입하고 있다. 낯선 세상, "소통되지 않은 언어들이 난무하"는 이곳에서 남의 걱정까지 대신하며 "외로운 섬처럼 홀로 견디는 법을 배"워야 하는 이 인형이야말로 유배당해

온 게 아닌가 생각해 볼 수 있다. 어쩌면 우리 모두는 다 이 인형처럼 자신이 있어야 할 곳에서 떨어져 나와 세상의 근심을 짊어지고 살고 있는지 모른다. 그게 현대 사회를 사는 우리들의 모습이다.

과거의 선비들이 속세에서 자연으로 유배를 당했다면, 현대를 사는 우리는 거꾸로 자연으로부터 유배를 당해 삭막한 도시의 삶을 견디고 있다고 봐야 한다. 어쩌면 자연을 꿈꾸는 것은 현대인의 숙명이기도 하다. 그래서 시인은 유토피아로서의 완전한 자연인 도원을 꿈꾼다.

오늘처럼 마음이 흐린 날에는
누구에게도 알리지 않고 한천에 간다.

물안개 아득히 피어오르고
신비한 몽유도원도 수묵화 한 점
부끄럽게 보여주는 호숫가를 거닌다.

…(중략)…

뼛속까지 서러운 날에는 한천에 간다.
무릉도원에서 햇살이 비추거든
못 이긴 척 오늘은 따라가 보자.
연분홍 꽃잎처럼 향기로울 테니

낙원 속으로 걸어 들어가듯

나랑 같이 손을 잡고 오늘은 가자.

- 「몽유도원도 2」 부분

한천은 전라남도 화순 소재의 자연휴양림이 있는 곳이다. 시인은 이곳에서 안견이 꿈속에서 만나 그렸다던 몽유도원도를 떠올린다. 잠시 번잡한 현실을 떠나 몽유도원을 꿈꾸는 것은 현실로부터 자발적 유배를 떠난 것이기도 하고 평생 유배당해 살고 있는 세속적 삶의 공간에서 잠시 해방의 기쁨을 만끽하는 것이기도 하다. 어쩌면 우리 모두는 이렇게 어디에 살 건 유배를 경험하는 삶을 살고 있다. 이렇듯 유배는 고향을 떠나 어디선가 살아야 하는 현대인들에게 숙명이고, 그것을 남들보다 더 예민하게 느껴야 하는 시인에게는 천형이다.

4. 맺으며

시인은 글로 집을 짓는 사람이다. 임미리 시인은 자연과 세속 사이, 풍진과 강호 사이에 그 집을 지었다. 그러므로 그것은 항상 불안하고 흔들린다. 세속의 삶 속에서 자연을 꿈꾸다 다시 자연 속에서 세속의 삶을 돌아본다. 이 흔들리는 정직함이 임미리 시인 시들의 미학을 형성한다. 자연으로의 도피도 세속에의 함몰도 아닌 그러면서 세속의 삶의 현장에서 때 묻지 않는 자연의 순수를 꿈꾸는 그래서 항상 제 자리를 떠나 있는 듯한 유배지의 정서를 갖는 것 이것이 바로 임미리 시인의 시적 지향이라 할 수 있겠다.

이 시집의 표제작인 「물 위의 집」이 이점을 상징적으로 보여 준다.

여기저기서 돌을 가져와 돌탑을 쌓아 물길을 돌립니다.
물 위의 집이 쉽게 무너지는 줄 알면서도
오늘 하루만 살아보자고 집을 짓습니다.
아름다운 물의 나라 베네치아라 명명하며
늘 그렇듯이 허황된 완성을 꿈꿉니다.
찰나의 순간 무너지는 상상이 앞서는 것은
뿌리 없이 흔들리는 영혼 때문입니다.

−「물 위의 집」 부분

임미리 시인에게 시는 "물 위의 집"이다. 자연과 세속의 사이를 건너는 물 위에 있기 때문이기도 하고 항상 "뿌리 없이 흔들리는 영혼 때문"이기도 하다. "허황된 완성을 꿈"꾸며 돌탑을 쌓아 물길을 돌리듯 언어를 조적하여 의미의 물길을 새롭게 만들어 가는 것 이것이 바로 시 쓰기 아니면 무엇이겠는가?

불교문예시인선 • 052

물 위의 집

ⓒ임미리, 2022, Printed in Seoul, Korea

초판 인쇄 | 2022년 8월 08일
초판 발행 | 2022년 8월 15일

지은이 | 임미리
펴낸이 | 문병구
편   집 | 구름나무
디자인 | 쏠트라인saltline
펴낸곳 | 불교문예출판부

등록번호 | 제312-2005-000016호(2005년 6월 27일)
주   소 | 03656 서울시 서대문구 가좌로 2길 50
전화번호 | 02) 308-9520
전자우편 | bulmoonye@hanmail.net

ISBN : 978-89-97276-68-4 (03810)
값 : 12,000원

＊이 책은 전라남도, (재) 전라남도문화재단의 후원을 받아 발간되었습니다.